ADIVINA... ¿Quién soy?

Me encantan los animales.

RETO 1

Señala el animal que tiene 4 patas, cola y te puedes subir en él.

Por eso fui a la universidad y aprendí mucho sobre ellos.

RETO 2

Busca los rectángulos que hay en esta página y di cuántos son.

Trabajo en una clínica para mascotas.

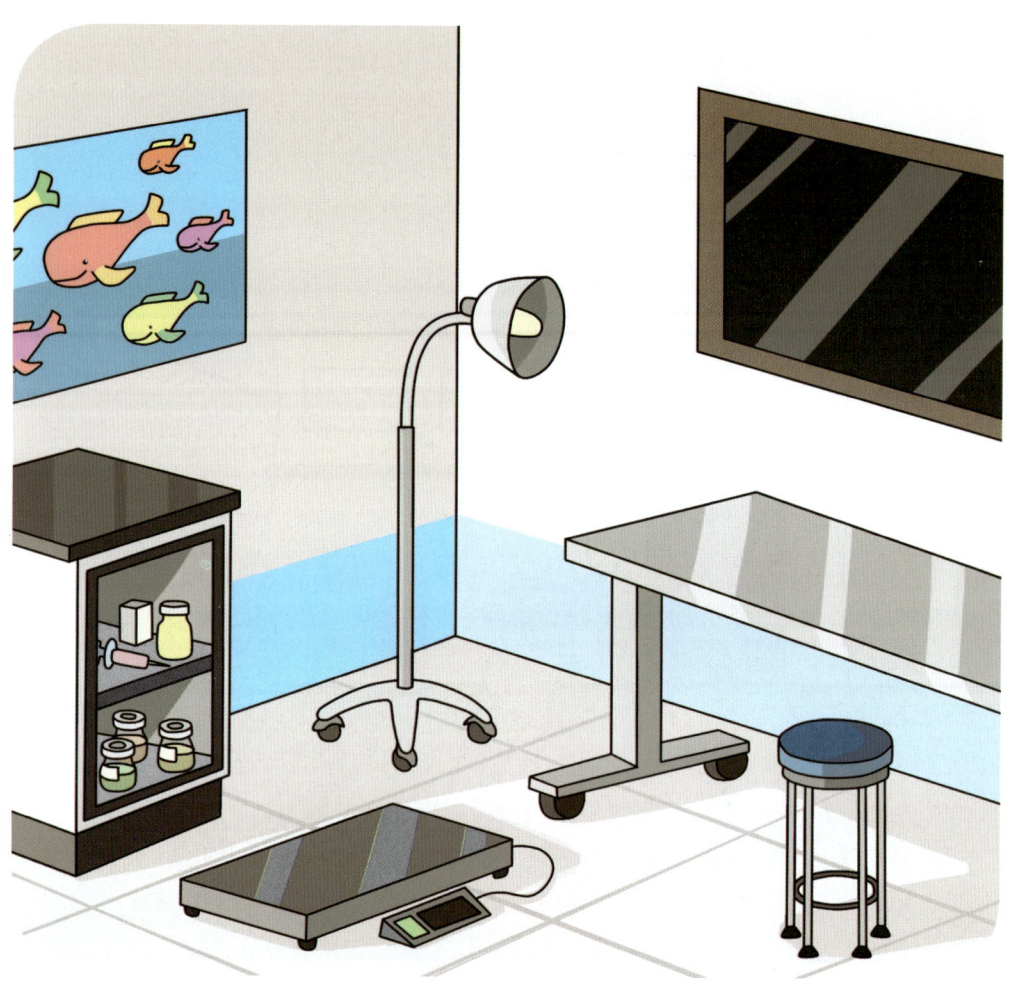

Reto 3

¿Sabes para qué se utilizan algunas de las cosas que ves?

Enseño a las personas cómo deben cuidar a sus mascotas.

RETO 4

Además de alimentar bien a tus mascotas, ¿qué otra cosa puedes hacer para cuidarlas?

También prevengo que se enfermen, por eso las vacuno.

RETO 5
Menciona alguna vacuna que te hayan puesto.

Si tienen algún accidente las curo.

RETO 6

Menciona de cuántos colores y tamaños has visto los caballos.

¿Adivinaste quién soy?

¡Sí, soy una veterinaria!

Completa cada frase. Puedes escribir o dibujar la respuesta correcta.

Me encantan los

En mi clínica hay

Para evitar que se enfermen los animales los